Der Verlag bedankt sich bei Laura Mendez Edkvist vom LL-förlaget, Stockholm, für die freundliche Unterstützung und die Erlaubnis zum Abdruck des Textes.

Återberättad efter Selma Lagerlöf, *Herr Arnes penningar*

➡ Erfahren Sie mehr über die Lättläst-Bearbeitung auf www.groa.de.

1. Auflage 2012

Umschlag:	Stefan Guttke, unter Verwendung eines Fotos von © Sinisa Botas - Fotolia.com
Druck:	ScandinavianBook

Printed in Germany - ISBN 978-3-933119-90-2

Besuchen Sie uns im Internet auf **www.groa.de**.
E-Mail: **kundenservice@groa.de**

Selma Lagerlöf

Herr Arnes penningar

Lättläst-Ausgabe

Bearbeitung: Gerd Karin Nordlund

GROA
VERLAG

Torarin

För mycket länge sedan levde en man
som hette Torarin.
Han bodde på ön Marstrand i Bohuslän.
Torarin for omkring och sålde fisk.
Han åkte med häst och vagn från by till by.

Med sig på färden hade han sin bästa vän,
hunden Grim.
Hunden var svart och hade lurvig päls.
När Torarin hade något viktigt att säga
pratade han med sin hund.

- Det är så att havet har frusit, förstår du.
Man kan köra med häst och släde på isen
ända ut till Marstrand.
Vi kan komma hem
utan att behöva vare sig båt eller färja,
förklarade Torarin för hunden.

Hunden blinkade.

- Men vi måste vara säkra på att isen håller.
Vi får åka in till Solberga prästgård
och fråga dem om de vet det.

Men knappt hade Torarin talat färdigt,
förrän Grim reste sig
och tjöt det värsta han kunde.
Hästen hoppade till och Torarin blev rädd.
Han tittade sig omkring för att se efter
om det fanns några vargar i närheten.
Men Torarin såg ingenting.

- Men hur kommer det sig att du tjuter
värre än en varg? frågade Torarin sin hund.
Vi har ju varit i Solberga prästgård
många gånger. Och där brukar vi få mat.
Herr Arne bor ju där.
Han vet nog om isen håller.

Men hunden blev inte lugn.
Han satte upp nosen i vädret och tjöt igen.

Det hade nu nästan blivit mörkt.
Torarin kunde se Solberga kyrka
och den stora slätten framför honom.
Torarin kände sig som ett litet kryp,
ett litet kryp som rörde sig lika långsamt
som en snigel.

Skogen var mörk och skrämmande.
Torarin trodde att troll och odjur gömde sig
bakom bergkullarna ut mot havet.

Han åkte vidare på sin vagn
mot Solberga prästgård.

Torarin hann inte tänka färdigt
på trollen och odjuren.
Grim gav åter upp ett hiskligt tjut.
Det hördes all världens väg.

– Men vad får dig att vara så där dum?
fräste Torarin åt hunden.
Nu får du allt lov att vara tyst!

Och Torarin tog hunden i nackskinnet
och kastade ner honom från lasset.
Hunden stannade vid vägkanten
och fortsatte att tjuta.
Torarin for vidare
och han hörde hundens hiskliga tjut
hela vägen fram till prästgården.
Hunden ville inte följa med.

I Solberga prästgård

I Solberga prästgård satt prästen, herr Arne,
och åt kvällsmat med sitt husfolk.
Herr Arne var gammal och vithårig
men ännu kraftig och lång.
Hans hustru var skröplig.
Hennes händer darrade och hon var nästan döv.
Där fanns också några gamla drängar och pigor
och två fjortonåriga flickor.

Torarin var den ende som var främmande
vid matbordet. Alla åt under tystnad.
Torarin betraktade den stora stugan.
Han tittade på den stora ugnen nere vid dörren
och på den breda höga sängen borta i hörnet
och på bänkarna som satt fast i väggen.

Till slut tittade Torarin upp genom vindhålet
i taket. Där drog röken ut
och vinterkölden strömmade in.

Om jag var så rik som herr Arne
skulle jag allt bygga mig ett annat hus,
tänkte Torarin.
Jag skulle bygga mig ett hus med många rum.

Mest av allt tittade Torarin på en kista.
Den stod vid den stora sängen.
Torarin visste att i den låg
herr Arnes silverpengar. Torarin hade hört
att hela kistan var full av pengar.

Folk hade alltid sagt att silverpengarna
en gång skulle bli herr Arnes olycka.

Det var tyst i stugan under måltiden.
Men plötsligt bröts tystnaden.
Ett underligt ljud hördes.

- Varför slipar de knivar på Branehög?
frågade den gamla prästfrun.

Alla blev rädda och väntade på
vad herr Arne skulle säga.

- Varför slipar de så långa knivar
på Branehög i kväll?
frågade den gamla kvinnan igen.

Men herr Arne sa ingenting.
Han bara strök sin hustru över handen
för att lugna henne.

Men den gamla prästfrun blev inte lugn.

- Kan ni inte höra hur det skrapar och filar,
kan ni inte höra hur det väser och gnisslar?
frågade den gamla, nästan döva kvinnan.

Det var bara herr Arne som åt.
Ingen annan kunde få ner en bit.
De var stela av fasa.

Herr Arne strök åter sin hustrus hand,
men hon blev inte lugn.

- Hur kan du höra att de slipar knivar
på Branehög? Det ligger långt härifrån.
Fortsätt du och ät, sa herr Arne och log.
Inte får vi bli skrämda av det här.
Vi har haft svårare tider,
fortsatte herr Arne och åt upp sin mat.

Ute på vägen igen

Torarin for ut på vägen igen.
Hunden Grim hoppade upp på lasset.

- Men har du inte varit inne i gården
och fått dig någon mat?
frågade Torarin hunden.
Har du varit här ute hela tiden?
Är du så rädd för att gå in?

Torarin fortsatte att prata med hunden.

- Det är något konstigt med det här.
Du är inte dig lik, Grim.
Jag kanske inte får träffa herr Arne
någon mer gång. Det här var kanske
sista gången jag såg honom, sa Torarin.

Efter ett tag kom Torarin fram till Branehög
Där var det fest och Torarin fick öl att dricka.

Efter en stund kom det en man
och en kvinna till festen.
De var grannar till familjen på Branehög.
De hade bara en liten koja på Branehögs mark.

Nu hade de fått oväntat besök av tre män,
berättade de.

Männen hade kommit tidigt på morgonen
och de hade blivit kvar i kojan hela dagen.
De hade frågat vilken gård
som var störst och rikast i trakten.
De ville söka arbete där.

- Prästgården är rikast i trakten.
Det är herr Arne som bor där,
hade hustrun svarat.

På kvällen hade männen tagit fram
sina långa knivar.
De hade slipat och gnisslat med knivarna.
De hade ludna skinnrockar och deras ögon lyste.

- Jag trodde det var tre vildar
som hade kommit in i stugan,
berättade mannen för Torarin.
Vi vågade inte lämna dem ensamma i kojan.

- Jaha, var det bara det, sa Torarin
och skrattade. Det verkar inte farligt.

Men efter midnatt gick några karlar från festen
ut ur stugan på Branehög. De skulle åka hem.

Då såg de en stor eldsflamma
mot himlen i norr.
De sprang tillbaka in i stugan och ropade:
- Kom ut och se! Herr Arnes prästgård brinner!

Alla, både män och kvinnor,
for iväg till prästgården.

Men när de kom fram
såg de inte en enda människa.
Gården låg tyst och öde.

De kunde inte bara stå där och hänga
och ingenting göra.
De gick mot den stora dörren
men hejdade sig när de var framme.
En ström av blod rann sakta fram över tröskeln
och handtaget var nedsölat med blod.

Just då öppnades dörren.
Hjälpprästen kom ut blodig och illa däran.

- I natt har herr Arne och hans husfolk
blivit mördade, sa han. Det var tre karlar
som kom in i stugan genom vindhålet.
De var klädda i ludna skinn.
De kastade sig över oss som vilddjur
med långa knivar.

Mer orkade inte hjälpprästen säga.
Han föll ned framför männens fötter
och var död.

Männen gick in i stugan.
Den stora kistan
med alla silverpengarna var borta.
Herr Arnes häst och släde
fanns inte heller kvar.

De följde slädspåret för att gripa mördarna.
Spåret gick från gården över ängarna,
ner till havet och ut på isen.

I en svartblå vak försvann spåren av hästen
och släden.
Mördarna måste ha kört rakt ner
i hålet i isen och drunknat.

Kvinnorna stannade i huset
och tog hand om de döda.

Det var en i herr Arnes familj som fattades.
En av flickorna. Elsalill.
Hon som varit fosterbarn i prästgården.
De hittade henne bakom ugnen.
Där hade hon hållit sig gömd
och kommit undan mördarna.

På bryggorna

Torarin tog hand om Elsalill, fosterdottern.
Hon fick komma till hans lilla hus
där han bodde tillsammans med sin gamla mor.

Elsalill grät från morgon till kväll.

- Det här går inte,
sa Torarins mor en morgon.
Du får följa med mig och rensa fisk.
Du behöver annat att tänka på.

På bryggorna rensa kvinnorna fisk.
Alla var nyfikna på den nya flickan.
De ville veta varför hon var så sorgsen.

Elsalill berättade om de tre mördarna
som hade bränt ner herr Arnes hus
och rövat bort hans pengar.

Då föll en svart skugga över Elsalill.
När hon såg upp
stod tre fina herrar framför henne.
De bar hattar med långa plymer
och de hade kläder av sammet, silke och guld.

Särskilt en av herrarna stirrade på Elsalill.
Han var blek och mager.
Han kanske nyss hade varit sjuk.
Som ett livs levande spöke stod han där
framför Elsalill.

Elsalill blev rädd.

- Vi har inte kommit för att skrämma dig,
sa mannen.
Vi vill bara höra vad som hände i prästgården.
Vi går här och väntar på att kunna resa
till Skottland.
Det är därifrån vi kommer, förstår du.
Men vår hemresa dröjer. Havet är fruset till is.
Så låt oss nu höra vad du har att berätta,
sa mannen till Elsalill.

- Jag berättade bara om det stora blodbadet
i Solberga prästgård, sa Elsalill.

- Jaha, sa den främmande mannen.
Men inte visste jag
att någon hade kommit levande därifrån.

- Jag kröp in bakom ugnen för att gömma mig.
Den sista de dödade var min fostersyster,
sa Elsalill.

Männen lyssnade noga. Deras ögon gnistrade
och deras tänder lyste vita.

- Då har du sett mördarna, sa mannen
och tog tag i Elsalill.
Du skulle väl genast känna igen dem
om du såg dem?

- Med hjälp av Guds kraft
skulle jag nog känna igen dem, sa Elsalill.
Jag ber till Gud alla dagar
att jag ska möta dem en dag.

- Vad menar du?
frågade den främmande mannen.
Är det inte sant att rövarna är döda?

- Jo, jag vet att spåren ledde fram till vaken,
till hålet i isen, svarade Elsalill.
Och därför tror alla att de är döda
att de drunknade.

- Och vad tror du, Elsalill?

- Det är väl så att de har drunknat,
sa Elsalill. Men det kan ju hända
att de bara körde ner hästen och släden
i hålet i isen.

- Och varför tänker du så, Elsalill?

- Jag vill slita hjärtat ur deras bröst.
De måste straffas för allt det hemska
de har gjort, sa Elsalill.

- Och hur skulle det gå till? frågade mannen.
Du är ju så liten och svag.

Och de tre männen började skratta.
De gick sin väg bort från hamnen.
Hela tiden hörde Elsalill deras hånfulla skratt.

Den utsända

En kväll åkte Torarin med sin häst och vagn
förbi Branehög.
Han åkte vidare mot herr Arnes prästgård
som brunnit ner.

Torarin var bekymrad.
Han var också sömnig
och låg på lasset med fisk.

- Grim, min hund, sa Torarin.
Jag skulle ha lyssnat när den gamla prästfrun
pratade om knivarna i Branehög.
Då hade herr Arne levat nu.
Det var dumt av mig att inte tro på det.
Men nästa gång jag får höra något underligt,
då ska jag minsann hålla ögon och öron öppna.

Torarin föll i sömn på lasset.
Han sov en kort stund.
När han vaknade
såg han de sotiga resterna av prästgården.

- Här vill jag inte stanna,
sa Torarin till hästen och grep tömmarna.

Men i samma ögonblick
klappade någon Torarin på axeln.

Det var hästskötaren från prästgården.

– Inte ska du ha så bråttom,
sa den gamle hästskötaren.
Kom in i stugan.
Herr Arne sitter och väntar på dig.

Torarin visste inte vad han skulle tro.
Han visste inte om han drömde
eller var vaken.
Torarin hade ju sett hästskötaren död
för en vecka sedan.
Nu var hästskötaren frisk och livs levande.

Torarin försökte få fart på hästen en gång till.
Men hästskötaren höll kvar hästen
med sin hand.

– Det var inte min mening
att komma och störa herr Arne
så här sent på kvällen, sa Torarin.
Hästen tog av hit in
utan att jag visste om det.
Jag kan väl komma igen i morgon
om herr Arne vill träffa mig, sa Torarin.

Och han böjde sig framåt och slog till hästen
med tömmen. Men i samma ögonblick
stod hästskötaren framme vid hästens huvud.

- Var inte så envis, Torarin, sa hästskötaren.
Herr Arne har inte gått till sängs.
Han sitter och väntar på dig.

Jag kan väl inte gå in i ett nerbränt hus,
tänkte Torarin.

Men strax därefter såg Torarin den gamla stugan
precis som den hade varit före branden.

Torarin stirrade och gned sina ögon.
Prästgården stod där oskadad
med halm och snö på taket.
Han såg rök och gnistor komma upp
genom takhålet och genom fönsterluckorna
såg han ljusen brinna.

Torarin blev ännu räddare.
Han piskade på hästen.
Hästen stegrade sig och sparkade,
men rörde sig inte ur fläcken.

- Kom nu med in, Torarin, sa hästskötaren.
Det är inte farligt.

Då kom Torarin plötsligt ihåg
vad han hade lovat sig själv.
Om det var något som var det minsta underligt,
skulle han hålla ögon och öron öppna.

Torarin hoppade ner från lasset.

– Jag kommer med in till herr Arne,
sa Torarin.

Och Torarin gick med tunga steg
över gårdsplanen mot huset.

I prästgården

Dörren till herr Arnes gård gick upp.
Torarin blundade.
Han ville inte se allt elände en gång till.
Han tänkte på allt gott
herr Arne hade gjort.
Herr Arne hade alltid köpt Torarins fisk.

Man måste visa tacksamhet mot de döda,
tänkte Torarin.

Och han öppnade sina ögon.

Den stora stugan var som förut.
Torarin kände igen den stora ugnen
och de vävda bonaderna på väggarna.
Till slut vågade han se upp till bordet,
där herr Arne brukade sitta.
Där satt herr Arne precis som vanligt
med sin hustru och hjälpprästen.
De hade nyss slutat äta.

Där satt också de gamla tjänarna,
men bara en av flickorna.
Elsalill var inte med.

Torarin stod länge stilla nere vid dörren.
Han betraktade alla dem som satt till bords.
De såg ängsliga och bedrövade ut.
Herr Arne var sorgsen
och stödde huvudet i handen.

Äntligen tittade herr Arne upp.

- Är det någon främmande du har med dig,
Olof hästskötare? frågade herr Arne.

- Ja, svarade hästskötaren,
det är Torarin, fiskhandlaren.
Han har varit i domstolen i Branehög i dag.

Herr Arne blev gladare.

- Men stig då fram, Torarin.
Berätta för oss vad som hände där.
Jag har suttit här halva natten och väntat på dig.

Allt det där lät så verkligt och naturligt
i Torarins öron.

Han var inte så rädd längre
och gick modigt över golvet fram till herr Arne.
Torarin började nästan tro att det där
med morden och branden var en ond dröm.

Det kanske var så att herr Arne levde på riktigt.

Men när Torarin tittade efter
den gamla penningkistan fanns där ingenting.

Då gick det en rysning genom Torarin.

- Hur gick det i dag i domstolen?
frågade herr Arne.

Torarin försökte berätta.
Men han fick ingen ordning på sitt tal.
Han stammade och muttrade och mumlade.
Tungan lydde honom helt enkelt inte.

Herr Arne avbröt Torarin.

- Säg oss det viktigaste.
Blev våra mördare funna och straffade?

- Nej, herr Arne, svarade Torarin.
Era mördare ligger på havets botten.

- Släden gick rakt ner i hålet i isen.
Deras spår slutade där.
Ingen kan hämnas på dem.

Herr Arne blev upprörd. Han slog näven i bordet.

- Vad är det du säger, Torarin?
Kunde ingen i domstolen tala om
var mina mördare är? röt herr Arne.

- Nej, herr Arne, sa Torarin,
ingen av oss levande vet något.

Herr Arne var tyst en stund.

- Torarin, kan du säga mig
hur jag ska få hämnd på mina mördare?
frågade herr Arne.

- Ingen av oss på Guds gröna jord
kan hjälpa er, herr Arne, sa Torarin.

Herr Arne var tyst en stund,
han funderade.

- När inte de levande kan hjälpa oss
måste vi döda hjälpa oss själva, sa han.

Han pekade på den unga flickan.

- Snälla herr Arne, sa flickan.
Det här klarar jag inte av.
Det är ett för svårt uppdrag.

- Det är du som får uppdraget,
sa herr Arne bestämt.
Du har blivit värst drabbad.
Du som hade alla år kvar att leva.
Två av dem som satt med oss här vid bordet
för åtta dagar sedan är fortfarande i livet.
Det är Torarin och Elsalill. De hjälper dig.

- Snälla herr Arne, ropade Torarin.
Jag kan inte. Jag vet inte...

Och allt försvann som i en dimma för Torarin.
Herr Arne och prästgården,
hästskötaren Olof och den unga flickan.

Torarin vaknade flera timmar senare.
Då låg han på marken
inne i den nerbrunna prästgården.

Hästen stod bred vid honom med lasset
och Grim, Torarins hund, skällde och tjöt.

- Äh, det var bara en dröm,
sa Torarin för sig själv.
Jag har inte sett herr Arne eller någon annan.
Men jag blev så rädd av drömmen
att jag ramlade av lasset.

I månskenet

Det var natt och klart månsken.
Torarin åkte fram över isen.
Han såg något där framme. Det var otroligt!
Torarin stirrade och gnuggade sig i ögonen.
Ja, det var ett stort skepp som låg infruset i isen.
Det hade frusit fast.

Och Torarin förstod
att det var alldeles riktigt det han såg.
En liten rök steg upp från fartygets akter.

Torarin åkte ända fram och hojtade:
- Fisk till salu! Salt sill! Rökt ål!

Männen på skeppet kom ut.

- Oj, oj, sånt fint väder vi har, ropade Torarin.
Lugnt väder och sträng köld i hela tre veckor.

- Jaså, du kallar det här vackert väder,
sa skepparen.
Här ligger vi fastfrusna och kommer ingen vart.
Vår last blir förstörd.
Och du kallar det här för vackert väder.

- Ja, vad annars skulle jag säga? frågade Torarin.
Himlen är klar och blå.
Och natten är lika grann som dagen.

- Jag har aldrig förr varit med om
att kunna köra omkring på isen
vecka efter vecka, fortsatte Torarin.

Skepparen blev inte gladare för det.

- Du som reser omkring och hör
och ser så mycket, är det något
som har hänt här i trakten? frågade han.
Det är som om kölden och vädret
har fått makt att bestämma över oss.

- Hur menar du? undrade Torarin.

- Jo, det var så här, berättade skepparen.
Det hände i Bergen i Norge.
Det blåste motvind en hel månad.
Inget fartyg kunde lämna hamnen.
Och ombord på ett av skeppen
fanns det en man som hade stulit i kyrkor.
Han kom inte undan, för stormen rasa länge
och inte ett enda skepp kunde lämna hamnen.
Man hittade honom ombord på ett av skeppen.
Det var ovädrets mening.

- Du kanske vet varför havet är fruset
så här länge?
Har det hänt något på senaste tiden?
frågade skepparen igen.

Torarin var tyst en stund.

- Ta dig en tur till Marstrand. Då blir du gladare.
Där finns det folk, må du tro.
De dricker och dansar och har roligt,
svarade Torarin.

- Och hur kommer det sig att det är så glatt
och livat i Marstrand? undrade skepparen.

- Äh, i Marstrand finns det sjöfolk
precis som du, svarade Torarin.
Deras skepp är infrusna och så finns det
fiskare och soldater från Skottland.
Alla väntar bara på att komma iväg.
Och medan de väntar roar de sig.

- De får roa sig bäst de vill.
Jag väntar här ute, sa skepparen.

Torarin tittade på mannen.
Det var en lång och mager karl.
Hans ögon var ledsna.

- Är de där skottarna bra folk ?
frågade skepparen.

- Är det kanske du som ska föra över dem
till Skottland? frågade Torarin.

- Jag har last till Edinburgh i Skottland.
En av skottarna var nyss här
och talade med mig.
Men jag tyckte inte om honom.
Vet du något?
Är det något som har hänt på senaste tiden?
frågade skepparen för tredje gången.

- Jag har inte hört någonting.
Du kan säkert ta med dem på ditt skepp,
sa Torarin.

Men i samma stund som Torarin sa detta,
tjöt hunden Grim hiskligt och rysligt.

- Så, så, vad är det med dig,
Grim, hunden min? sa Torarin.
Tycker du att jag pratar för länge på isen?

- Adjö, adjö, sa Torarin
och lämnade den frågvise skepparen.

Ett bud

Vintern var kall.
Snön var tjock och djup
och alla vikar var frusna.
Havet gömde sitt mörka vatten
under den tjocka isen.

Elsalill stod utanför Torarins stuga.
Hon tittade ut över havet och frös.
Det hjälpte inte hur mycket kläder
hon tog på sig.

Elsalill grät.
Aldrig mer skulle hon få se sin fostersyster,
inte heller herr Arne
eller någon annan från Solberga prästgård.
Hon tänkte på alla från prästgården
och frös ända in i benmärgen.
Det var så hemskt att tänka på
vad som hade hänt.

Då såg Elsalill en man.
Han var lång och bar en hatt med stor plym.

Hon såg genast att det var sir Archie.

Han kom förbi Torarins stuga
och frågade Elsalill varför hon grät.

- Jag har ingenting kvar i livet.
Men ni har säkert ett hem
att komma tillbaka till där borta i Skottland,
svarade Elsalill.

- Åh, det är länge sedan jag var där.
Jag var bara sjutton år,
när jag for ut i världen, svarade sir Archie.

- Kan ni inte berätta mer? frågade Elsalill.
Kom in i stugan och värm er vid brasan.
Jag är ensam hemma.

- Tack, jag sitter gärna vid brasan en stund
och berättar om Skottland, sa sir Archie.
Det är verkligen en bitande köld i kväll.

Sir Archie steg in i Torarins trånga stuga.
Han talade länge och Elsalill lyssnade
intresserad och nyfiken.
Hon kände sig lycklig.
Hon ville veta allt om sir Archie.

Det blev sent och sir Archie måste gå.
Men först ville han ha en kyss.

Elsalill sa nej.
Sir Archie tog tag om henne
och skulle just trycka sina läppar mot hennes.
Då öppnades stugdörren
och Torarins mor kom in.
Sir Archie släppte flickan genast.

Han sträckte snabbt fram handen
och tog farväl av Elsalill
som om han var en riktigt artig man.
Men Torarins mor visste något annat.

- Det var rätt av dig att skicka bud efter mig,
sa hon till Elsalill.
Det passar sig inte att en ung och ogift kvinna
sitter ensam i en stuga
med en sådan som sir Archie.
Det kan bli farligt för dig.

- Har jag skickat bud efter er?
undrade Elsalill mycket förvånad.

- Ja, det kom en ung kvinna till mig
på bryggorna.
Hon hälsade från dig och bad mig att gå hem,
sa Torarins mor.

- Hur såg den unga kvinnan ut? frågade Elsalill.

- Inte tittade jag så noga efter.
Men en sak märkte jag.
Hon var så lätt, förstår du,
när hon gick över snön hördes inte hennes steg,
sa Torarins mor.

Elsalill blev alldeles blek
och sjönk ner på golvet.

- Då var det väl en av himlens änglar
som kom med budet, viskade Elsalill sakta.

Diskerskan

Värdinnan på Rådhuskällaren i Marstrand
öppnade dörrarna till krogen.
Hon skulle sopa trappan och förstugan,
Utanför satt en ung kvinna, en jungfru.
Hon hade en grå lång kappa
och håret var ljust och hängde rakt ned.

Jungfrun steg upp
och gick nerför trappan till krogen.
Värdinnan tyckte att det såg ut
som om den unga kvinnan gick i sömnen.
Hela tiden tittade hon ner
och höll armarna intill kroppen.
Flickans ansikte var vackert,
men det var nästan genomskinligt.
Som om det hade varit gjort av tunt glas.

- Jag söker arbete,
sa den unga kvinnan.
Finns det något jag kan göra?

- Nej, här finns inget arbete
för en så ung person som du,
sa värdinnan.

- Men jag kan arbeta utan lön
och jag behöver heller ingen mat, sa flickan.

- Nej, min söta vän.
Det här är inget ställe för små fina flickor.
Hit kommer det vilda karlar om kvällarna.
De dricker öl och vin och man vet aldrig
vad som kan hända, sa värdinnan.

Flickan vände sig om
och började gå uppför trappan.
Hon såg så liten och hjälplös ut.

Då gav värdinnan med sig.

- Äsch, kom tillbaka, sa hon.
Det är kanske bättre för dig att vara här.
Det är inte bra att gå ensam omkring
på gator och i gränder.
Du får stanna och diska koppar och fat,
så får jag se vad du duger till.
Hon visade flickan det lilla rummet
där hon skulle diska.
Där fanns inget fönster, men en lucka.

Genom luckan räckte flickan fram
nydiskade tallrikar, koppar, kannor och fat
så fort värdinnan bad om det.

Inte ett ljud hördes från flickan.
Hon rörde sig så tyst.

Det är som om en död har stigit upp
ur sin grav, tänkte värdinnan.

Och ingen hörde flickan slamra med disken,
ändå var allt skinande rent.
Men då värdinnan tog koppar och fat
för att ställa på borden, var de kalla som is.

Det är som om jag skulle ta dem
ur händerna på den kalla döden,
tänkte värdinnan.

Förföljelse

Elsalill fortsatte att hjälpa Torarins mor
med att rensa fisk.
En dag fanns det ingen fisk att rensa.
Elsalill fick stanna hemma.
Hon satt ensam i stugan och spann.
Plötsligt kände hon en kall vind
som strök henne över pannan.
Hon tittade upp
och där stod hennes döda fostersyster.

Först blev Elsalill rädd, men sedan tänkte hon:
Det är ju min fostersyster.
Jag behöver inte vara rädd.

- Vill du mig något? frågade Elsalill.

Systern svarade med en entonig röst.

- Jag arbetar på Rådhuskällaren.
Hela dagen har jag diskat koppar och fat.
Nu orkar jag inte längre. Kan du hjälpa mig?

- Javisst. Jag kan hjälpa dig,
svarade Elsalill genast.

De vandrade iväg till värdshuset,
och Elsalill såg högar med disk
i det lilla rummet.

- Vill du hjälpa mig med det här i kväll?
frågade systern.

- Ja, naturligtvis, min käraste vän.
Jag hjälper dig med vad som helst.

Elsalill tog av sig kappan och började diska.

- Farväl, Elsalill, sa systern.

- Vad menar du?
Ska vi redan skiljas? frågade Elsalill.

- Ja, var inte arg på mig.
Du behöver bara hjälpa mig i kväll,
sa systern.

Och Elsalill kände en sval vind mot sin panna.
Systern var borta.

Elsalill diskade.

När allting var klart öppnade hon luckan
och tittade in i källarsalen.

Det var nästan tomt i källarsalen.
Där satt bara tre män.
De drack och pratade
och Elsalill kände igen dem.

Det var sir Archie och hans vänner,
sir Reginald och sir Filip.

Elsalill tänkte ropa på sir Archie,
men hon hejdade sig.
Han kom inte längre och hälsade på henne.
Han kanske tyckte om någon annan.

Sir Archie var ledsen.
Han pratade inte med sina vänner.
De föreslog att han skulle hälsa på Elsalill.

- Bry er inte om mig.
Det är en annan jag tänker på.
Jämt ser jag henne framför mig.
Och jämt hör jag hennes röst i mina öron,
sa sir Archie.

Elsalill såg att sir Archie stirrade
på en av pelarna.
Där stod hennes fostersyster!
Hon stod där orörlig i sin gråa dräkt
och tittade på sir Archie.

Elsalill såg det fasansfulla.
Systerns ögon var mörka och förtvivlade.
Ljuset var borta från dem
och den ihåliga blicken borrade sig
rakt igenom sir Archie.

Sir Archie började jämra sig igen.

- Jag ser henne alltid.
Hon följer efter mig vart jag än går,
klagade sir Archie.

- Vad jag ångrar mig.
Jag borde ha låtit henne leva,
stönade sir Archie.

De två vännerna blev tysta.
De tittade förskräckta på sir Archie.
En av dem hällde upp en bägare med vin.

- Drick, min bror, sa han.
Vi har många silverpengar kvar.
Herr Arnes kista var ett bra byte.
Så länge vi har den har vi råd att dricka vin.
Vi behöver inte känna någon sorg.

I den stunden såg Elsalill
framför sig tre karlar, som i en dröm.

Hon kom ihåg att de hade stora skägg
och ludna skinnkläder.

Nu kände hon igen dem.
De tre männen var sir Archie,
sir Filip och sir Reginald.

Elsalill var klar med disken.
Hon lämnade det lilla rummet tyst
och försiktigt och ställde sig bakom en pelare.

Hon var olycklig.
Hur skulle hon göra?
Hon älskade ju sir Archie.
Inte kunde hon anmäla hans brott.
Då skulle han bli dömd till döden.

Medan hon stod där bakom pelaren,
hörde hon hur det stormade ute.

Det är första vårstormen, tänkte Elsalill.
Om några dagar är havet fritt.
Då ger de sig iväg,
sir Archie och hans vänner.
Vad tjänar det till
att de blir tillfångatagna och straffade?
Det vinner ingen på,
varken död eller levande.

Elsalill stod där i mörkret.
Hon hörde hur stormen ven.
Nu blir det vår igen, tänkte Elsalill
men jag kan inte vara glad.
Min fostersyster får ingen ro i sin grav
om mördaren går fri.
Och jag älskar mördaren.

Sir Archie steg upp från bordet.
Han gick genom den smala gången
och fick se Elsalill. Först trodde han
att det var den döda flickan som han såg.

Han tog hennes hand
och hon ryckte tillbaka den.
Då kände han igen Elsalill.

I samma stund kom sir Archie på
hur han skulle göra.
Han tog Elsalills händer,
kysste dem ömt och sa med mild röst:
– Gud välsigne dig
som har kommit hit i kväll.

Elsalill kunde inte få fram ett ord.
Hon var bedrövad.

Sir Archie fortsatte tala.

- Jag har inte varit hos dig på flera dagar.
Jag har varit så förtvivlad,
att jag nästan förlorat förståndet.
Men nu i kväll har mitt hjärta sagt mig
vad jag ska göra.
Jag vill sona det onda jag har gjort.
Jag vill göra gott igen genom att göra
det bästa jag kan mot dig.

Och sir Archie kysste Elsalills händer.

Varför gråter du, Elsalill?
frågade sir Archie.

- Därför att jag älskar er för mycket,
svarade Elsalill.

- Hör du hur stormen tjuter där ute?
Snart går havet upp.
Alla skepp kan lämna hamnen
och jag kan färdas till mitt hemland.
Säg mig, Elsalill, vill du följa med mig dit?
frågade sir Archie.

Sir Archie böjde sig fram
men då han skulle kyssa hennes panna
ropade Elsalill:
- Nej! Jag ska aldrig följa er!

- Jo, du måste.
Annars har jag inget att leva för.
Kom, nu följer jag dig hem.
Det här är inget bra ställe för dig,
sa sir Archie.

De vandrade hem till Torarins koja.
Elsalill tänkte på sin fostersyster.

Det måste vara hennes vilja
att sir Archie och jag har träffats, tänkte hon.
Hon vill mig bara gott.
Då är det nog rätt att jag följer honom.

De kom fram till kojan.

- Följer du med mig över havet?
frågade sir Archie.

- Med Guds hjälp följer jag med dig,
svarade Elsalill.

Blodspår i snön

Nästa dag hade det slutat storma.
Elsalill tänkte på sir Archie.
Det var nog bra att han ångrade vad han gjort.
Nu skulle allt han gjorde bli rätt och riktigt.

Mitt på dagen kom det ett paket till Elsalill
från sir Archie.
I paketet låg en armring av guld.

Den var mycket vacker. Men vad gjorde det?
Elsalill ville inte bära smycken,
som var köpta för herr Arnes stulna silverpengar.

Elsalill kastade iväg armringen.
Inte kunde hon tänka sig
att leva i ett hus med stulna pengar.
Hon skulle säga det till sir Archie.

Nästa dag var det söndag.
Elsalill gick till kyrkan.

Där hörde hon någon som snyftade och grät.
På vägen hem var det hela tiden
blodiga fotspår i snön framför Elsalill.

Men hon kunde inte se vem det var
som hade så såriga fötter.
Elsalill talade till den osynliga,
men det enda hon fick se
var de blodiga spåren.

Efter en stund mötte hon en kvinna.

- Vem är du som går här på gatan
och gråter och vrider händerna?
Du liknar en ung kvinna
som kom till mig i fredags.
Hon ville ha arbete
och fick hjälpa mig med disken.
Men nu är hon försvunnen.
Var det du? frågade kvinnan.

Det var värdshusvärdinnan.

- Nej, det var inte jag.
Men om ni är värdinnan på Rådhuskällaren,
då vet jag vem det var, svarade Elsalill.

- Varför gick hon bort
och kom aldrig tillbaka? undrade värdinnan.

- Hon ville inte lyssna på mördarna,
som satt på ert värdshus, sa Elsalill.

- Så, så. Det sitter många vilda karlar i min sal
men några mördare finns där inte,
sa värdinnan bestämt.

- Men den unga kvinnan hörde
hur en av dem sa: Drick, min bror!
Vi har mycket kvar av herr Arnes silverpengar,
svarade Elsalill.

- Om det du säger är sant
vill jag att du följer med mig.
Mördarna måste gripas och få sina straff,
sa värdinnan.

Sir Archies flykt

Elsalill sökte upp sir Archie.
Han satt med sina vänner på värdshuset.
Hon ville vara tillsammans med honom
medan han ännu var fri.

De satte sig vid ett bord
där de fick vara för sig själva.

– Jag kan inte följa med er, sa Elsalill.

– Varför inte det? undrade sir Archie.

Elsalill var blek som en död.

– Ingen vet om ni håller vad ni lovar, sir Archie,
svarade Elsalill.

En sjöman kom in. Han berättade
för sir Archie att nu var det dags att packa.
Havet höll på att gå upp.
Isen smälte.

Sir Archie skickade iväg sir Filip
och sir Reginald.

Han ville försöka få Elsalill att ändra sig
men hon sa nej en gång till.

Åh, varför ger han sig inte iväg?
tänkte Elsalill.
Nu innan vakterna kommer
och fängslar honom.

- Här är du ensam och fattig, Elsalill,
men om du kommer med mig
blir du en mäktig fru.
Du får gå klädd i silke och guld
och du får dansa i kungens salar,
sa sir Archie.

Då hörde Elsalill soldater med vapen
vandra fram på torget utanför värdshuset.

- Sir Archie, hör ni inte
att det kommer soldater med vapen över torget?
frågade Elsalill.

- Äh, det är bara några fiskare
som har kommit i gräl om väder och vind.
Lyssna inte på dem, Elsalill,
lyssna på mig.
Jag ber dig följa mig över havet,
sa sir Archie.

- Hör ni inte hur soldaterna kommer
nerför trappan? sa Elsalill med darrande röst.

- Jo, jag hör.
De kommer väl hit för att dricka en kanna öl
när de har satt sina fångar i fängelse,
svarade sir Archie.
Tänk inte på dem, Elsalill.
Tänk på att i morgon far du och jag över havet.

Men Elsalill var blek som ett lik.
Hon darrade så att hon knappt kunde tala.

- Sir Archie, ser ni inte hur de talar
med värdinnan?
De frågar väl efter någon som de letar efter.
De undrar om någon av dem har varit här inne,
sa Elsalill med svag röst.

- De beställer en varm god dryck av henne.
Du ska inte vara rädd, Elsalill
Följ med mig över havet och du kommer
att bli den lyckligaste kvinnan i hela världen,
sa sir Archie till Elsalill åter igen.

- Hör ni inte, sir Archie,
att soldaterna frågar värdinnan
om herr Arnes mördare finns här?

Nu kunde Elsalill bara viska.
Sir Archie ryckte Elsalill hårt i armen.

- En vargunge är du! Du har förrått mig.
Jag borde ha dödat dig
första gången jag såg dig på bryggorna,
fräste sir Archie.

- Jag har gjort det
för min kära fostersysters skull.
Hon måste få ro i sin grav.
Men fly, sir Archie! Fly!
Ännu finns det tid, bad Elsalill.

- Tänk på vad du har ställt till med, Elsalill.
Du har varit falsk och svikit mig,
sa sir Archie och högg tag i Elsalill.

Han tog ett fast grepp om hennes armar
och höll henne framför sig
och rusade mot trappan.

Där stod soldaterna med sina spjut.
Elsalill förstod att hon skyddade sir Archie.
Då tog hon ett av spjuten
och förde det rakt mot sitt hjärta.
Vid nästa steg sir Archie tog,
trängde spjutet in i hennes kropp.

Över isen

Sir Archie vandrade bort över isen.
Han bar Elsalill i sina armar.
Sir Filip och sir Reginald gick bredvid honom.
De berättade om kistan med pengar.
De hade fört den till skeppet.

- Men vem har du med dig?
frågade sir Reginald.

- Det är Elsalill.
Hon ska följa med mig.
Här förblir hon fattig
och får rensa fisk resten av sitt liv,
svarade sir Archie.

Det stormade allt mer.
Stormen rev tag i Elsalills kappa.

- Håll henne ett tag,
sa sir Archie till sir Reginald.

- Javisst, sa sir Reginald.

Men han blev förskräckt.

Elsalills kropp gled ner på isen.

- Jag visste inte att hon var död,
sa sir Reginald.

Mördare ombord

Det var natt och stormen tog tag i skeppet.
Den skakade om vartenda rep
och de höga masterna.
Skepparen lyssnade i mörkret.
Han tänkte att snart går havet upp
och vi kan segla iväg.
Ombord fanns de skotska soldaterna
och sir Archie, sir Filip och sir Reginald.

Och i gryningen kunde skepparen se
det öppna havet långt där ute.
Men hans skepp låg i viken.
Där hade ännu mera is samlats.
Det hade blivit en stor och hög vall
av isblock som spärrade av färden
ut mot det fria havet.

- Ve, att jag ska ligga fast i isen,
muttrade skepparen.

Några timmar senare kom en man
med häst och släde.

Det var Torarin, fiskhandlaren.

- Hallå, hallå, ropade Torarin.
Har du något att äta,
där du ligger fastfrusen i isen?

Men den förargade skepparen svarade inte.
Han bara knöt näven åt Torarin.

Torarin gick ombord på skeppet.

- Jag kommer inte hit för att sälja fisk.
Jag söker en ung kvinna.
Skottarna tog henne med sig hit ut i går,
sa Torarin.

- Jag har inte hört någon kvinnoröst ombord,
svarade skepparen.

- Det är jag som är Torarin.
Jag åker omkring och säljer fisk.
Det var jag som var i Solberga prästgård
den kväll då herr Arne och hans husfolk
blev mördade. Sedan dess har jag haft
herr Arnes fosterdotter i mitt hus.
Men i går kväll blev hon bortrövad av mördarna.
De förde henne hit ut till skeppet.

- Finns alltså herr Arnes mördare ombord?
frågade skepparen förskräckt.

- Det är nog så.
Men jag kan inte ta mördarna till fånga,
min ena arm är lam.
Jag ber bara om att få jungfrun med mig hem,
sa Torarin.

- Hur kan du veta
att mördarna är här ombord på båten?
frågade skepparen.

Torarin pekade på en stor kista av ek.

- Den kistan har jag sett många gånger.
Den var herr Arnes. Och där kistan finns,
där finns också herr Arnes mördare,
svarade Torarin med bestämd röst.

- Den där kistan tillhör sir Archie,
sir Filip och sir Reginald, sa skepparen.

- Jaså, herrarna säger det, svarade Torarin.
Men de ljuger.

Torarin tittade på skepparen.

- Nej, jag är ingen vän till mördare.
Nu vet jag varför vi ligger fastfrusna i isen.
Vi har brottslingar ombord, sa skepparen.

Han gick genast till soldaterna på skeppet.
Han visade dem kistan.

- Det finns silver i den här kistan,
herr Arnes silverpengar.
Om ni lyder mig ska ni få vara med
och dela på skatten.

Och skepparen bad Torarin gå ner på isen.

- Kasta ut all din fisk på isen.
Du ska få annan frakt med dig härifrån,
sa skepparen.

Skepparen och några soldater bröt sig in
i kajutan, där sir Archie, sir Filip
och sir Reginald sov.

Soldaterna slog de skotska herrarna
med käppar och yxor.
Sedan band de fast dem med rep
och förde dem till Torarins släde.
Torarin körde iväg med dem
till fängelset i Marstrand.

Havet öppnar sig

Nu väntade skepparen på
att havet skulle öppna sig.
Men isflaken fortsatte att hopa sig.
Vallen med isflak blev högre och högre.

Skepparen gick av och an på däcket.
Vad skulle nu hända?
Det hade inte hjälpt
att mördarna hade lämnat skeppet.

Men på eftermiddagen kom
en lång rad av människor.
Det var kvinnor från Marstrand, unga och gamla.
De var sorgklädda och de förde med sig
några unga pojkar som bar på en bår.

De kom fram till skeppet
och sa till skepparen:
- Vi har kommit för att hämta en ung kvinna,
som är död. Mördarna har erkänt sina brott.

- Hon gav sitt liv
för att de inte skulle komma undan.
Vi har kommit för att hämta henne.

Ombord på skeppet fann man Elsalill.
Hon blev förd tillbaka till Marstrand.
Alla kvinnor grät över den unga jungfrun.
Hon hade älskat en mördare
och hon hade gett sitt liv
för att den skyldige skulle få sitt straff.

När kvinnorna kom fram till Marstrand,
vände vinden. Isflaken gled ner i havet
och det fastfrusna skeppet kunde äntligen segla.

Torr sommar und andere schwedische Erzählungen im Originaltext

Dieser Band enthält die Erzählungen: „Torr sommar" (Vilhelm Moberg), „Sagan om den rättvisa Gudrun" (Tage Danielsson), „Några valssteg till Haffners ära" (Birgitta Stenberg) und „Ett halvt ark papper" (August Strindberg). Die Bearbeitung ist für Fortgeschrittene ab dem B1-Niveau geeignet. Mit textbegleitenden Wortübersetzungen und Übungen.

ISBN 978-3-933119-55-1 • € 12,90

Samuel August från Sevedstorp och Hanna i Hult von Astrid Lindgren im schwedischen Originaltext

In dieser Novelle erzählt Astrid Lindgren die Liebesgeschichte ihrer Eltern. Die Bearbeitung ist für Fortgeschrittene ab dem B1-Niveau geeignet. Mit textbegleitenden Wortübersetzungen und Übungen.

ISBN 978-3-933119-50-6 • € 8,90

Sjung med oss mamma

Schwedische Lieder von Alice Tegnér

37 Lieder auf CD mit Textbuch

Mit vielen bekannten schwedischen Liedern in einer gelungenen Interpretation von Alice Babs u. a.

ISBN 978-3-933119-40-7 • € 13,95

Weitere Informationen, z. B. über das Lehrwerk *Tala svenska*, erhalten Sie auf *www.groa.de*.

Preisänderung und Irrtum vorbehalten
Stand: 01.06.2012

GROA VERLAG